Anja Wagner

Marisa Meermädchen

Das große Ponyglück

Illustriert von Naeko Ishida

Band 2

ISBN 978-3-7432-0390-7
2. Auflage 2021

Dieses Werk wurde vermittelt durch die Literarische Agentur Michael Gaeb.
Umschlag- und Innenillustrationen: Naeko Ishida
Umschlaggestaltung: Ramona Karl
Printed in the EU

www.loewe-verlag.de

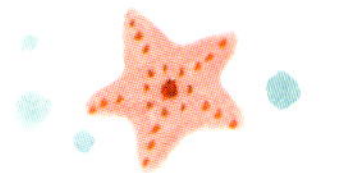

Anja Wagner

Marisa Meermädchen
Das große Ponyglück

Alle Titel von *Marisa Meermädchen*:

Band 1: Der Traum vom Reiten
Band 2: Das große Ponyglück

Inhalt

Eine besondere Schulaufgabe

„Es ist kaum zu glauben, aber Seepferdchen gehören zu den Fischen. Und das, obwohl sie ganz anders aussehen. Sie haben eine kleine Rückenflosse und schwimmen aufrecht durch die Meere. Dabei müssen diese Tiere sich kaum bewegen und es sieht aus, als würden sie durch das Wasser schweben. Doch Seepferdchen sind sehr scheu. Nur wenn wir sie achten und freundlich zu ihnen sind, können sie mit viel

Glück unsere Freunde sein." Frau Meersand ließ eine große Karte herabrollen, auf der verschiedene Seepferdchen abgebildet waren. Marisa Meermädchen saß an ihrem Muscheltisch, wickelte eine Locke um den Stift und blickte auf die Karte.

„Ich hätte so gern ein Seepferdchen zum Freund", flüsterte Coralie, die neben Marisa saß und verträumt vor sich hin lächelte.

„Wer von euch weiß denn, woher die Seepferdchen ihren Namen haben?", fragte Frau Meersand und Marisas Finger schnellte in die Höhe. „Ja, Marisa?"

„Vielleicht weil ihr Kopf dem eines echten Pferdes ähnelt?", überlegte Marisa laut. Jetzt war sie diejenige, die schwärmerisch lächelte.

„Ganz genau, Marisa. Jenseits des Meeres

gibt es große Tiere, deren Köpfe ganz erstaunlich denen unserer Seepferdchen gleichen." Die Lehrerin fuhr mit ihrem Schilf-Zeigestock über die Karte.

Marisa seufzte und sah sehnsüchtig aus dem Fenster. Das Seegras auf der Unterwasserwiese schaukelte sanft hin und her. Fast als wollte es ihr zuwinken und sie hinausrufen. Wenn doch nur endlich Nachmittag wäre und sie Ella und Luna wiedertreffen könnte. Ella, ihre heimliche Menschenfreundin, und Luna, Ellas Pony. Seit sie Ella das erste Mal auf ihrem Pony durch die Brandung reiten sah, hatte Marisa nur einen einzigen Meermädchentraum: Sie wollte reiten. Und bald würde sich ihr Traum erfüllen, das konnte sie spüren. Marisa musste nur an ihre verzauberte Perlenkette denken und schon kribbelte es überall, als würde ein stacheliger Seestern über ihre Schwanzflosse kriechen.

Als alle Meermädchen um sie herum ihre Perlmutt-Tafeln hervorholten, fiel Marisa wieder ein, dass sie noch immer in der Schule saß. Coralie suchte gerade in ihrer Muscheldose nach einem Stift.

„Was sollen wir noch einmal machen?", flüsterte Marisa.

„Hast du denn nicht zugehört? Eines der Seepferdchen abzeichnen", antwortete Coralie und zeigte mit ihrem Lieblingsstift ungeduldig auf die Seekarte. „Woran du wohl wieder gedacht hast."

Marisa beugte sich über ihre Perlmutt-Tafel und begann, gedankenversunken zu zeichnen.

Frau Meersand ging von einem Meermädchen zum anderen, und als sie wieder vorn ankam, klatschte sie fröhlich in die Hände: „Wie ihr heute erfahren habt, sind Seepferdchen nicht sehr zutraulich. Es ist ein großes Glück, wenn man eines zu sehen bekommt. Daher ist eure Aufgabe bis zur nächsten Stunde auch etwas ganz Besonderes."

Die Meermädchen um Marisa herum fingen aufgeregt an zu tuscheln. Die Lehrerin wartete, bis sich alle Schülerinnen wieder beruhigt hatten.

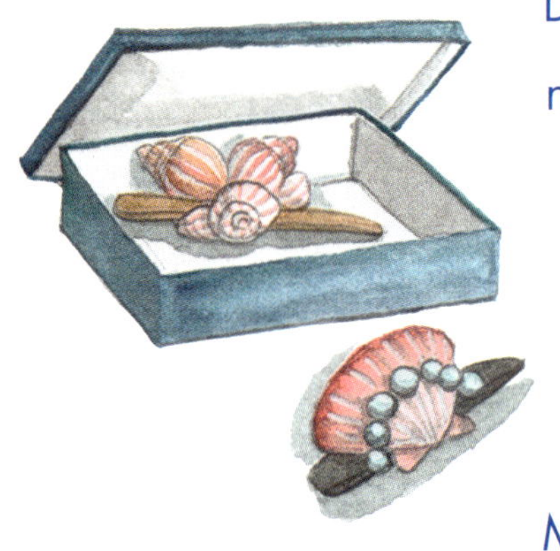

Dann öffnete sie eine kleine Schatzkiste auf ihrem Pult, lächelte geheimnisvoll und holte zwei Muschelhaarspangen heraus. „Hier in der Mondbucht soll es ganz seltene Seepferdchen geben, von denen ich selbst aber auch noch nie eines gesehen habe. Es wird eure Aufgabe sein, euch zu zweit auf die Suche nach einem außergewöhnlichen Seepferdchen zu machen. Wenn ihr einem begegnet, so zeichnet und beschreibt ihr es. Und die zwei, die in der nächsten Stunde das schönste

Seepferdchen vorstellen, bekommen von mir diese Muschelhaarspangen geschenkt. Aber nicht nur das! Diese Aufgabe wird mir zeigen, welche Meermädchen unter euch bereit sind, in die Klasse der fortgeschrittenen Meermädchen zu wechseln."

„Ist das nicht aufregend? Die Großen dürfen so spannende Sachen machen wie Perlentauchen im Korallengarten und Nachtschwimmen in der Seerosenschlucht. Ich kann es kaum erwarten anzufangen." Coralie sah Marisa mit leuchtenden Augen an. Doch dann fiel ihr Blick auf Marisas Perlmutt-Tafel und das Lächeln verschwand augenblicklich aus ihrem Gesicht. „Was soll das sein?"

Marisa betrachtete ihre Zeichnung und erschrak: Sie hatte gar kein Seepferdchen mit eingerolltem Schwanz gemalt, sondern ein Pony mit vier Beinen. Hastig deckte sie das Bild zu.

„Das ist es also, woran du denkst?", zischte Coralie wütend. „Sind dir denn diese Menschen und ihre Ponys immer wichtiger? Sogar dann, wenn hier die bezauberndsten Dinge passieren?"

„Ich hab mich doch nur vertan", wisperte Marisa und steckte die Perlmutt-Tafel meermädchenflink zurück in ihre Schultasche. „Gemeinsam werden wir die Muschelhaarspangen bestimmt gewinnen und schon bald zu den großen Meermädchen gehören, Coralie."

„Wie kann man sich denn da vertun?", rief Coralie aufgebracht.

„Gibt es ein Problem?", fragte Frau Meersand und sah Coralie und Marisa fragend an.

Marisa wurde unruhig. Was wäre, wenn Coralie sie verraten und Frau Meersand das Bild von dem Pony auf ihrer Perlmutt-Tafel entdecken würde? Wie sollte sie das denn nur erklären? Ängstlich sah sie zu Coralie hinüber.

„Nein, alles in Ordnung", murmelte Coralie leise. Marisa warf ihrer Freundin einen dankbaren Blick zu, doch dann erstarrte sie: In Coralies Augen schimmerten Tränen.

Als Frau Meersand in ihre Schneckenhausflöte blies und damit das Ende der Unterrichtsstunde verkündete, schnappte Coralie ihre Tasche und schwamm wortlos davon.

„Coralie", rief Marisa und packte hastig ihre Sachen zusammen. Doch als sie aus dem Schultor schwamm, war ihre beste Freundin schon fort.

Das Geheimversteck

Vor dem Schultor wartete Nero schon geduldig auf Marisa. Wie jeden Mittag holte er das Meermädchen ab, um mit ihr loszuziehen und die Unterwasserwelt zu erkunden. Marisa konnte es immer kaum erwarten, Zeit mit ihrem Delfinfreund zu verbringen. Heute wollten sie die Tintenfische in den alten Fässern besuchen und Marisa hatte sich den ganzen Morgen darauf gefreut – bis Frau Meersand ihre Sehnsucht nach Ella und dem Pony Luna geweckt hatte.

Marisa Meermädchen schwamm stumm an dem Delfin vorbei.

„Welche Miesmuschel ist dir denn über die Flosse gerutscht?", schnatterte Nero und holte Marisa mit Leichtigkeit ein.

„Miesmuschel?", fragte Marisa und sah sich erst einmal um. Die anderen Meermädchen

machten sich immer über sie lustig, wenn sie mit ihrem Delfinfreund sprach. Sie konnten ja nicht ahnen, dass Marisa Nero verstehen konnte. Außer ihr konnte schließlich kein Meermensch mit Tieren sprechen.

„Na, das sagt man so, wenn jemand ohne Grund miese Laune hat." Nero stupste seine Meermädchen-Freundin sacht mit der Schnauze an.

„Von wegen ohne Grund", grummelte Marisa und rieb ihre Nase sanft an der glatten, feuchten Spitze seiner Schnauze. Eigentlich begrüßten sich die beiden immer so. Aber heute war nichts wie immer.

„Coralie ist vorhin auch einfach an mir vorbeigeschwommen", pfiff Nero. „Ihr habt euch gestritten, nicht wahr?"

„So ähnlich." Marisa nickte und schwamm weiter.

„Komm schon!" Nero schwamm neben Marisa her und wandte ihr seine Rückenflosse zu. „Halte dich fest, ich muss dir unbedingt etwas zeigen. Das wird dich aufmuntern. Versprochen!"

„Ach, Nero, nicht heute", sagte Marisa leise.

„*Gerade* heute. Morgen sind sie vielleicht schon weg", schnatterte Nero aufgeregt und stupste Marisa mit seiner Flosse an.

„Na schön." Mit beiden Händen umschlang Marisa die Rückenflosse ihres Delfinfreundes. „Aber nur kurz, ich habe noch eine Verabredung."

Nero hatte recht. Marisas Laune besserte sich schlagartig, als sie zusammen durch die hell funkelnde Mondbucht zogen. Die beiden tauchten durch die Seegraswiese und Marisa klopfte den alten Wasserschildkröten zur Begrüßung auf den Rückenpanzer, was sich wie ein lustiges Glockenspiel anhörte.

Mit der Zeit wurde Nero langsamer und ließ Marisa von seinem Rücken gleiten.

„Sieh nur, sieh“, pfiff der Delfin und deutete mit seiner Flosse auf die langen Seegrashalme.

Da entdeckte Marisa, was Nero meinte: Auf den leuchtend grünen Seegrashalmen klebten, so weit das Auge reichte, winzig kleine fünfzackige Sterne.

„Seesternbabys", hauchte Marisa entzückt. Vor lauter Meermädchenglück umarmte sie ihren Delfinfreund.

„Sind die nicht süß?“, quietschte Nero.

Marisa nahm einen der klitzekleinen Seesterne behutsam auf ihre Fingerspitze. „Du bist wohl gerade erst geschlüpft, kleiner Seestern. Schade, dass Coralie dich nicht sehen kann.“

„Ja, zu schade. Wir sollten sie ihr zeigen“, schnatterte Nero. „Am besten holen wir sie gleich ab. Dann könnt ihr zwei euch auch wieder versöhnen.“ Vorsichtig setzte Marisa das

Seesternbaby zurück an den Seegrashalm und schüttelte entschlossen den Kopf. „Das geht nicht, Nero. Ich bin schon verabredet."

„Du meinst, du bist mit jemand anderem verabredet als mit deiner allerbesten Freundin Coralie?", quietschte Nero erstaunt und zog Marisa durch die Bucht zurück.

Marisa druckste herum. „Nun ... eigentlich ist es ein Geheimnis."

„Und dieses Geheimnis lebt bestimmt in der Menschenwelt und hat vier Beine?", pfiff Nero leise.

„Ach, Nero", sagte Marisa seufzend. „Woher weißt du das?"

„Immerhin bin ich dein Freund."

Marisa schmiegte sich liebevoll an den Delfin. „Oh ja, und was für einer."

Wenig später erreichten sie die *Emeralda*. Das uralte, versunkene Schiff lag am Rand der Mondbucht. Marisa verabschiedete sich von Nero, der zum Delfintraining musste, und schwamm durch das Bullauge in ihre Kajüte.

Dort legte sie die Schultasche unter den von Muscheln und Algen besetzten Tisch in der Mitte des Zimmers. Marisa mochte ihre Kajüte mit den vielen Seesternen an den Wänden und den alten,

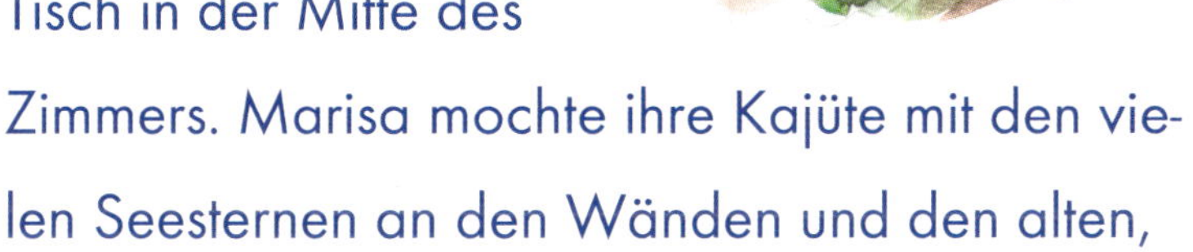

verschnörkelten Lampen. Und ganz besonders mochte sie die Leuchtquallen, die abends durch das Bullauge hereinschwebten und das Innere der Kajüte in ihr zauberhaftes Licht tauchten. Doch am meisten liebte Marisa den Schatz in ihrem Geheimversteck.

Sie schwamm zum Bullauge und sah sich um. Nero war fort und auch sonst war niemand in der Nähe. Zeit, ihren Schatz hervorzuholen.

Das Meermädchen setzte sich auf ihre Schlafmuschel und zog einen alten Koffer hervor, auf dem sich ein großer Seestern ausruhte. „Hast du gut auf meinen Schatz aufgepasst?", wisperte sie aufgeregt und nahm den Seestern behutsam auf die Hand.

„Und ich dachte, hier würde mich niemand

stören", brummte der Seestern verschlafen und schwamm langsam durch das Bullauge davon.

Marisa kicherte und ließ die verrosteten Schnallen des Koffers aufspringen. In ihrem Bauch breitete sich ein Glücksgefühl aus. Es fühlte sich an, als würden dort winzige Seepferdchen grasen.

In dem alten Koffer lagen Marisas größte Schätze: Dinge, die einst den Menschen gehörten und die sie zusammen mit Nero am Meeresboden gefunden hatte. Samstags war immer Schatzsuchertag für Marisa und Nero. Dann suchten die beiden Freunde die Mondbucht nach geheimnisvollen Habseligkeiten ab, welche die Menschen im Wasser verloren hatten oder die schon seit langer Zeit am Meeresgrund schlummerten. All diese Schätze hütete

Marisa meermädchenheimlich unter ihrer Schlafmuschel. Niemand, außer Nero und Coralie, wusste davon. Und in diesem Schatzkoffer gab es nicht nur Kostbarkeiten der Menschen, sondern auch ein ganz besonderes Geheimnis. Ein Geheimnis, von dem auch ihre beste Meermädchen-Freundin Coralie keine Ahnung hatte.

Zaghaft öffnete Marisa einen Reißverschluss an der Innenseite des Koffers und zog eine glitzernde Perlenkette hervor.

Heimlichkeiten

Plötzlich schwamm etwas durch das Bullauge herein. Marisa blickte erschrocken auf. Zum Glück war es nur ein Kugelfisch, der sich in der Kajüte umsah. Neugierig kam er zu Marisa herübergeschwommen.

„Oh", blubberte der Kugelfisch und umkreiste die Perlenkette in Marisas Hand. „Die ist aber wunderschön!"

„Ja, nicht wahr?“, meinte Marisa und kicherte. Der Fisch ließ sich auf ihrer Schulter nieder.

„Die Kette ist verzaubert, stimmt's?“, prustete der kleine Kugelfisch aufgeregt.

„Ja, sozusagen“, flüsterte Marisa. „Ich habe sie zusammen mit Nero, meinem Delfinfreund, aus einer Höhle tief im Algenwald geholt.“

„Da hast du dich hineingetraut?“ Der Fisch riss erstaunt seine Kulleraugen auf. „Aber was kann diese Kette denn nur?“

„Sie kann mich in einen Menschen verwandeln“, wisperte Marisa so leise sie konnte.

Der Kugelfisch lachte. „Du bist mir ein lustiges Meermädchen. So eine wie dich traf ich noch nie. Du kannst mit Tieren sprechen und dich sogar in einen Menschen verwandeln. Wenn ich das meinen Freunden erzähle ..."

„Nur nicht", entgegnete Marisa schnell. „Das darfst du niemandem verraten."

„Keine Sorge. Es wird unser Geheimnis bleiben. Oder hast du jemals von einem Meermenschen gehört, der mit Fischen sprechen kann?", blubberte der Kugelfisch fröhlich und schwamm amüsiert zum Bullauge hinaus.

Marisa schob ihren Schatzkoffer meermädchenschnell unter ihre Schlafmuschel zurück und schwamm aus der Kajüte hinaus. Die Perlenkette hielt sie dabei fest in ihrer Hand und konnte es gar nicht mehr erwarten, Ella und Luna wiederzusehen.

„Da bin ich", ertönte auf einmal eine Stimme hinter ihr.

Marisa fuhr herum. Coralie kam von den Korallenriffen herübergeschwommen. In den Händen trug sie ihre Muschelstiftdose und ein paar Algenblätter.

„Ich bin schon so furchtbar nervös", sagte Coralie gut gelaunt. Ihren Ärger über Marisa schien sie schon vergessen zu haben.

„Was hast du vor?", fragte Marisa verblüfft und konnte sich nicht erinnern, dass die beiden sich verabredet hatten.

„Na, die Hausaufgabe von Frau Meersand. Das schönste Seepferdchen finden." Coralie

drehte sich verträumt auf den Rücken und ließ sich durch die sanfte Bewegung ihrer Schwanzflosse vorantreiben. „Schon bald werden wir endlich zu den großen Meermädchen gehören und lernen, wie wir Seehunde zähmen oder Delfin-Akrobatik machen. Was kann es Schöneres geben? Wir werden gewinnen, Marisa. Ich habe das im Gefühl."

„Ähm, hör mal, Coralie", begann Marisa und druckste herum. „Ich ... ich habe jetzt keine Zeit. Aber wir suchen später nach dem schönsten Seepferdchen, einverstanden?"

Coralie schnellte auf und sah Marisa fassungslos an. „Du hast keine Zeit für die wichtigste Hausaufgabe des ganzen Schuljahres?"

„Doch, doch. Natürlich habe ich Zeit dafür", besänftigte Marisa sie schnell. „Nur nicht jetzt."

Coralie kniff ihre Augen zu Schlitzen zusammen. „Was ist denn noch wichtiger, als die Muschelhaarspangen zu gewinnen und in die Klasse der fortgeschrittenen Meermädchen versetzt zu werden?"

Marisa umklammerte die Perlenkette in ihrer Hand noch fester. „Wir haben ja noch ein bisschen Zeit für die Seepferdchen. Ich habe heute einfach schon etwas anderes vor."

„Und was? Sicher hat es mit diesen Menschen zu tun und mit dem Pony, das du in der Schule gemalt hast. Ständig versetzt du mich und lässt mich fallen wie eine ranzige Seepocke!", schrie Coralie wütend.

Marisa zitterte und blickte Coralie nur stumm an. Niemals würde sie ihr Geheimnis preisgeben. Nicht einmal ihrer besten Meermädchen-Freundin.

„Wenn ich zurückkomme, machen wir uns auf die Suche nach dem schönsten Seepferdchen des gesamten Ozeans. Meermädchen-Ehrenwort, Coralie!", murmelte Marisa und schwamm seufzend los. Doch dann zögerte sie und hielt an der Galionsfigur, die sich an dem abgebrochenen Schiffsmast der *Emeralda* befand. Sie strich behutsam über den wunderschön geschnitzten Pferdekopf.

„Habe ich mich richtig entschieden?", flüsterte sie verzweifelt und legte ihre Stirn an die Galionsfigur. „Coralie ist meine Freundin und die Schulaufgabe ist wirklich sehr wichtig. Aber dort draußen, jenseits des Meeres, warten Ella und Luna. Und ich habe mich den ganzen Tag auf sie gefreut."

Kaum hatte Marisa ausgesprochen, war der Entschluss auch schon gefasst. Sie schwamm hinaus in die Mondbucht. Vergessen war der Streit mit Coralie und vergessen war Frau Meersands Hausaufgabe.

Marisa schwamm mit kräftigen Flossenschlägen durch die Mondbucht und grüßte fröhlich ein paar Krebse, die mit ihren klappernden

Scheren lustig winkten. Sie presste ihre Hand auf ihr Meermädchenherz, denn es klopfte so furchtbar schnell vor Glück, wenn sie nur an Ella und die Ponys dachte.

Hoffentlich hatten die beiden auf sie gewartet.

Ponyglück

Mit ihrer Perlenkette in der Hand tauchte Marisa durch die Mondbucht. Das Sonnenlicht fiel in langen Strahlen ins meergrüne Wasser.

„Wie zauberhaft!", flüsterte Marisa, als sie kurz vor dem Bootssteg auftauchte. Das Licht brach sich auf der Meeresoberfläche, als würden dort Tausende Edelsteine tanzen.

Marisa wollte gerade an den Booten entlangtauchen, da entdeckte sie Ella. Ihre Menschenfreundin saß auf dem Bootssteg und ließ die Beine ins Wasser baumeln. Verschmitzt lächelnd schwamm Marisa im Schutz der Boote heimlich zu ihr und kitzelte Ella unter den Füßen.

„He", rief Ella erschrocken und zog ihre Beine aus dem Wasser. Dann entdeckte sie Marisa. „Da bist du ja endlich!"

„Ja, da bin ich", meinte Marisa. „Ist die Luft rein?"

„Niemand in Sicht", bestätigte Ella nickend. „Hast du sie dabei?"

„Klar!" Marisa zog sich auf den Bootssteg hinauf und hielt ihre Perlenkette in die Höhe.

Ella machte einen Luftsprung und Luna, die im Sand hinter dem Bootssteg ungeduldig mit den Hufen scharrte, wieherte. Den ganzen Tag lang hatte Marisa darauf gewartet, Ella und Luna wiederzusehen und sich in einen Menschen zu

verwandeln. Und vielleicht würde sich ihr Traum vom Reiten nun endlich erfüllen.

Obwohl es zuvor schon einmal funktioniert hatte, sich mit der Perlenkette auf wundersame Weise in einen Menschen zu verwandeln, war Marisa nervös. Mit zittrigen Händen legte sie sich die Kette um. Dieses Mal sah das Meermädchen genau hin, als sich ein Prickeln in ihrer Schwanzflosse ausbreitete: Nicht nur die Perlenkette begann zu funkeln, nein, auch ihre Flosse glitzerte und schimmerte. Als das Glitzerwölkchen allmählich verpuffte, hatte Marisa Meermädchen zwei richtige Menschenbeine.

„Es hat geklappt!", rief Ella überglücklich. „Ich kann es immer noch nicht glauben."

„Ich auch nicht", gab Marisa zu und versuchte aufzustehen. Noch war sie das Laufen auf zwei

Beinen nicht gewohnt. Es fühlte sich so wackelig an. Aber schon nach wenigen Schritten hatte sie ihre Unsicherheit abgelegt.

„Ich freue mich ja so!", jauchzte Ella und fiel ihrer Freundin um den Hals.

„Und ich mich erst!", jubelte Marisa.

„Und wer umarmt mich?", schnaubte Luna und schüttelte ihre Mähne.

„Ich“, rief Marisa entzückt und stürmte den Steg hinauf zu dem Pony.

Ella folgte ihr.

„Da bist du ja endlich“, wieherte Luna und sah Marisa mit ihren dunklen, freundlichen Augen an.

„Hallo, Luna“, sagte Marisa und trat vom Steg hinab in den weichen Sand. Sie streichelte dem Pony über das warme Fell.

„Jetzt hast du endlich Beine.“ Das Pony schnaubte sanft. „Darauf hast du lange gewartet, stimmt's?“

Marisa sah Luna erstaunt an. „Woher weißt du das?“

„Ach, kleines Meermädchen“, wieherte Luna und kaute auf einer Möhre herum, die Ella ihr gegeben hatte. „Wir Ponys reden vielleicht nicht so viel. Aber wir hören immer ganz genau zu." Luna sah Marisa mit ihren funkelnden Augen gutmütig an.

„Hach, Luna", rief Marisa ausgelassen und lachte laut, denn sonst wäre sie vor lauter Freude noch geplatzt. Sie legte ihre Arme um Luna und presste ihr Gesicht an den warmen Hals des Ponys. Jetzt endlich wusste sie, wie warm und flauschig sich ein Pony anfühlte.

Ella, die freudestrahlend zugesehen hatte, fiel ihrem Pony von der anderen Seite um den Hals.

„He! Ihr erdrückt mich gleich“, schnaubte Luna belustigt.

„Höchste Zeit, zurück zum Ponyhof zu laufen. Wir werden noch zu spät kommen.“ Luna stupste Ella an, um zu sehen, ob sie noch ein Möhrenstückchen in ihrer Hand hielt.

„Ich habe leider nichts mehr“, sagte Ella entschuldigend und hielt ihre leeren Hände hoch. Dann sah sie auf die Uhr. „Wir müssen nun wirklich zurück. Auf dem Ponyhof gibt es dann auch mehr Möhrchen für dich.“ Sie strich Luna über die weiße mondförmige Blesse und sah Marisa fragend an. „Was ist mit dir? Kommst du mit uns zum Ponyhof?“

„Sag Ja, kleine Meermädchen-Freundin“, wieherte Luna.

Marisa warf den Kopf in den Nacken und lachte. „Jetzt hab ich so lange darauf gewartet. Na klar komme ich mit."

Sie nahm Ellas Hände und tanzte mit ihr um Luna herum. Immer schneller drehten sie sich, bis sie in den warmen, weichen Sand fielen und erst aufhörten zu lachen, als Luna laut wieherte: „Beeilung, Beeilung. Wenn wir zu spät kommen, dürfen wir heute nicht mehr ausreiten."

Ponyhof Rosenbucht

Marisa stapfte neben Luna und Ella durch den Sand. Immer wieder musste sie kichern, weil die Sandkörner unter ihren Füßen kitzelten. Es machte so viel Spaß, auf zwei Beinen zu gehen. Die Sonnenstrahlen kribbelten auf ihrer Haut und der leichte Wind fuhr durch ihre Haare. Die Freunde erreichten die ersten Holzbohlen, die zu dem kleinen Strandweg quer durch die Dünen gehörten. Wie oft hatte

Marisa sich gefragt, wie es wohl hinter diesem langen Gras aussehen mochte.

Der Bohlenweg schlängelte sich noch ein wenig weiter, bis plötzlich eine völlig neue Welt vor Marisa lag. Sie wurde ganz still und hielt für einen kurzen Moment die Luft an. Hinter dem Strand und dem Sandweg war alles anders: Es gab zahlreiche grüne Wiesen, Bäume und Sträucher und dahinter ragten die ersten Dächer der Häuser auf.

„Ich habe übrigens noch ein paar Stiefel im Stall. Für den Fall, dass wir später noch zusammen ausreiten wollen", unterbrach Ella Marisas Gedanken.

Marisa nickte heftig. Auf jeden Fall wollte sie

heute noch ausreiten! Ella und das Reiten waren schließlich der Grund für ihre gefährliche Reise in den Algenwald gewesen.

Sie liefen an einer saftig grünen Weide vorbei, auf der ein paar Ponys grasten und sie schnaubend begrüßten. Aufgeregt winkte Marisa ihnen zu und rief: „Hallo, ihr hübschen Ponys!“

Einige der Ponys kamen bis an den Weidezaun getrabt, beschnupperten neugierig Marisas Hände und wieherten leise. Marisa streichelte die Tiere und betrachtete ein paar Schmetterlinge, die sich von Grashalmen abstießen und sie umkreisten. „Ihr seid ja lustige Tierchen."

„Das sind Schmetterlinge. Sie tun den ganzen Tag nichts anderes, als Blütennektar zu trinken, herumzuflattern und hübsch auszusehen", erklärte Ella und streichelte Luna dabei über die Stirn.

„Dann sind Schmetterlinge so ähnlich wie unsere Leuchtquallen", meinte Marisa und lächelte.

„Hallo, Ella", rief plötzlich eine Frau am Ende der Ponyweide. Sie öffnete das Gatter und lockte die Ponys mit Apfelstücken aus einem Eimer.

„Ich hab mir schon Sorgen gemacht." Die Frau stapfte in ihren Reitstiefeln über die Weide zu ihnen herüber. „Du wolltest doch nur kurz mit Luna an den Strand gehen."

„Ja, tut mir leid, Carla", antwortete Ella und wandte sich Marisa zu: „Carla ist unsere Betreuerin auf dem Ponyhof."

„Hallo! Wer bist denn du?", begrüßte Carla Marisa freundlich.

„Ich bin Marisa und ich ...", begann sie, doch Ella unterbrach sie.

„Marisa wohnt hier in der Gegend", warf Ella hastig ein. „Ich habe sie am Strand kennengelernt und möchte ihr gern unseren Ponyhof zeigen."

Carla kam lächelnd an den Zaun, wischte sich die Hände an ihren Hosen ab und reichte

Marisa die Hand. „Ich bin Carla. Na, dann herzlich willkommen bei uns im Schlossinternat Rosenbucht und auf dem Ponyhof. Ella, du zeigst Marisa alles und erklärst ihr bitte unsere Regeln. Vielleicht magst du ja mal mit uns ausreiten?" Carla zwinkerte Marisa und Ella kurz zu, dann lief sie über die Weide zurück Richtung Gatter.

„Gern würde ich mal mit euch ausreiten!", rief Marisa ihr hinterher, bevor sie neben Ella und Luna zum Ponyhof weiterlief.

„Dort drüben siehst du den Ponyhof, der zu unserem Schlossinternat Rosenbucht gehört", erklärte Ella und zeigte auf ein Stallgebäude, an dem leuchtende Heckenrosen emporwuchsen. „Das große Gebäude dahinter ist das Internat, wo wir leben und zur Schule gehen. Und siehst du die vielen Baumwipfel hinter dem

Schuldach? Das ist der Trainingswald für unsere Gelände-Reitstunden."

Marisa wurde immer gespannter, je näher sie dem Ponyhof kamen. Die Heckenrosen dufteten herrlich, überall summte und brummte es. Ne-

ben dem großen Tor wuchsen an einem dichten Strauch Himbeeren, die Ella ihr stolz zum Probieren abpflückte.

Lunas Hufe klapperten laut, als sie den großen Torbogen passierten und auf den Hof liefen.

Mehrere Mädchen blickten auf. Sie waren mit ihren Ponys beschäftigt gewesen und hatten sie gerade gefüttert, gestriegelt oder die Hufe ausgekratzt.

Luna schnaubte den anderen Ponys zur Begrüßung zu und von überallher klang leises Wiehern oder Hufescharren zurück.

Ein großes Mädchen mit rosa Reitstiefeln zu einer weißen Hose kam neugierig näher, als sie Marisa entdeckte. „Dich hab ich hier noch nie gesehen", sagte sie und betrachtete Marisa von oben bis unten. Zwei weitere Mädchen stellten sich interessiert zu ihnen und nickten bekräftigend.

„Hallo", sagte Marisa schnell und strahlte. „Ich bin Marisa."

„Valerie", stellte sich das Mädchen vor und

lächelte. „Du hast tolle Haare. Und ich habe auch noch nie so schimmernde Haut gesehen. Du musst mir unbedingt erzählen, welche Creme du benutzt und womit du deine Haare wäschst."

Marisa sah verblüfft an sich herab. „Ich benutze immer nur normales Seealgenmus, aber Coralie schwört auf Korallensaft ..."

„Die Stiefel", rief Ella hastig dazwischen und zog Marisa hinter sich her in eine der Pferdeboxen. „Seealgenmus? Korallensaft? Mensch, Marisa. Du verplapperst dich noch", raunte sie.

„Oh weh", sagte Marisa, schlug sich erschrocken eine Hand vor den Mund und sah Ella erstaunt an. „Ich muss wohl besser aufpassen, was ich sage."

Luna war ihnen in die Box gefolgt und ihr warmer Atem streifte Marisas Nacken.

„Ist ja nichts passiert", murmelte Ella und kramte in einer Holzkiste. „Hier", rief sie und reichte Marisa ihr zweites Paar Reitstiefel. Dann nahm sie sich eine Mistgabel. „Magst du helfen? Ich muss Lunas Stall ausmisten."

„Klar", sagte Marisa und lachte. Für das Meermädchen konnte es keine schönere Aufgabe geben.

Azora

Marisa konnte sich nicht erinnern, jemals so viel Spaß gehabt zu haben. Ella zeigte ihr, wie man eine Schubkarre voll Mist balancierte und danach frisches Stroh für das Pony bereitete. Sogar der strenge Geruch des Misthaufens konnte Marisas gute Meermädchenlaune nicht trüben.

„Puh, fertig. Ich mache die lästigen Sachen immer zuerst", sagte Ella erschöpft, nahm eine

Bürste und ging hinaus in den Hof zu ihrem Pony. Marisa blieb neben Luna stehen und streichelte sie, während sie ihrer Freundin Ella bewundernd zusah.

„Ah ja. Das tut gut", schnaubte Luna, als Ella begann, ihr Fell zu bürsten.

Ella deutete mit der Bürste hinter sich in den Hof, wo einige Mädchen mit ihren Ponys beschäftigt waren. „Manche hier striegeln zuerst ihr Pony, flechten die Mähne und müssen dann am Abend noch den Stall vorbereiten."

„Hat denn jede von euch ein eigenes Pony?", fragte Marisa mit glänzenden Augen.

„Nein, nicht alle. Aber die meisten schon", meinte Ella und biss sich konzentriert auf die Unterlippe, während sie Luna bürstete.

„Und wenn ihr ausreiten wollt? Was machen

dann die Mädchen, die kein eigenes Pony haben?", fragte Marisa wissbegierig.

Ella blickte auf und stutzte. Dann kicherte sie. „Du meinst, was *du* machen sollst, wo du doch kein eigenes Pony hast?"

„Ja." Marisa zuckte mit den Schultern.

Ella zog eine Möhre aus ihrer Hosentasche und hielt sie der schnuppernden Luna hin. „Wir haben ein paar Schulponys hier auf dem Hof."

Marisa horchte auf. Ein Leuchten huschte über ihr Gesicht. „Und auf denen darf jeder reiten?"

„Ja, sicher." Ella kicherte, weil Luna ihre Handfläche ableckte, als würde sie noch mehr Möhren erwarten.

„Wo sind denn diese Schulponys?", fragte Marisa verwundert und sah sich suchend um.

„Sie stehen in Box eins bis drei, aber Box eins ist für uns Schüler verboten", erklärte Ella und hielt Luna lachend ihre leeren Hände entgegen. „Genug genascht!"

„Schade", wieherte das Pony.

„Und warum ist Box eins für euch verboten?", wollte Marisa überrascht wissen.

Ella zögerte kurz. „Das ist Azoras Box. Sie ist zwar auch ein Schulpony, aber nur Carla darf sie füttern und versorgen. Niemand von uns darf sich ihr nähern. Oder geschweige denn auf ihr reiten." Ella deutete zu Valerie hinüber, die mit einer Schubkarre voll Stroh über den Hof lief. „Valerie hat vor einiger Zeit versucht, auf Azora zu reiten. Aber Azora ist durchgegangen und hat Valerie abgeworfen. Sie hat sich dabei den Arm verletzt. Seitdem dürfen wir Schüler nicht mehr zu dem Pony. Nur Carla. Sie sagt, dass Azora ein sehr schwieriges Pony sei."

„Und wo sind die anderen beiden Schulponys?", fragte Marisa ungeduldig, als sie einen Blick in die leeren Boxen geworfen hatte.

„Auf der Weide", meinte Valerie, die ihre Schubkarre neben einem weißen Pony abstellte.

„Ich möchte auch auf die Weide!" Ein lautstarkes Wiehern hallte aus Box Nummer eins zu ihnen herüber. Marisa näherte sich Schritt für Schritt der Box. An der

Tür war ein hölzernes Schild mit dem Namen „Azora“ angebracht. Vorsichtig lugte Marisa hinein.

Ein karamellbraunes Pony mit hellblonder Mähne und den schönsten Murmelaugen der Welt blickte sie an.

„Azora ist also dein Name?", wisperte Marisa und streckte ihre Hand langsam nach dem Pony aus. Doch inmitten der Bewegung hielt sie plötzlich inne: Hatte Ella ihr soeben nicht erzählt, dass Azora ein furchtbar schwieriges Pony sei? Doch wie konnte ein solch wunderschönes Pony mit den sanftesten Murmelaugen der Welt nur ungestüm sein? Behutsam berührte Marisa mit den Fingerspitzen die weichen Nüstern.

„Ja, ich bin Azora. Aber wer bist du?"

„Ich bin Marisa und ganz neu hier auf dem Ponyhof", sagte Marisa und streichelte dem Pony zaghaft über die Stirn.

„Dann geht es dir wie mir", wieherte Azora und stupste Marisa sanft an. „Du wohnst aber nicht hier bei den Menschen?"

„Stimmt", flüsterte Marisa erstaunt. „Eigentlich

bin ich ein Meermädchen und kein Mensch. Aber bitte bewahre das für dich."

„Ein Meermädchen", wieherte Azora überrascht und Marisa war heilfroh, dass die anderen Mädchen auf dem Ponyhof die Pferdesprache nicht verstanden. Doch Azoras lautes Wiehern hatte die anderen aufhorchen lassen.

„Marisa, nicht! Was tust du denn da?" Ella stürmte erschrocken herbei und packte ihre Freundin am Arm.

„Alles in Ordnung, Ella. Ich sehe mir nur mal euer Schulpony an."

„Aber wie kommt ein Meermädchen ausgerechnet auf *unseren* Ponyhof?", wollte Azora wissen.

„Es ist mein größter Traum, einmal auf einem Pony zu reiten", hauchte Marisa fasziniert.

„Und ich dachte immer, es könnte da draußen nichts Schöneres geben als das große weite Meer“, prustete Azora ungläubig und schüttelte ihre Mähne.

„Doch“, sagte Marisa und nickte. „Eines muss noch schöner sein: auf einem Pony am großen weiten Meer entlang durch die Brandung zu reiten.“

Azora blickte Marisa gerührt an. Marisa lächelte und strich dem Pony sanft über die Nüstern.

„Seht euch das an", rief Valerie plötzlich und winkte die anderen Mädchen zu sich. „Die Neue streichelt Azora."

Die Mädchen ließen alles stehen und liegen und eilten herbei.

„Das kannst du vergessen", stieß Valerie hervor und stemmte die Hände in die Hüften. „Azora lässt niemanden an sich ran. Nicht einmal mich. Sie ist gefährlich und unberechenbar."

„Komm jetzt zurück, Marisa", flehte Ella warnend. „Nicht, dass Carla dich an Azoras Box erwischt."

Doch es war schon zu spät.

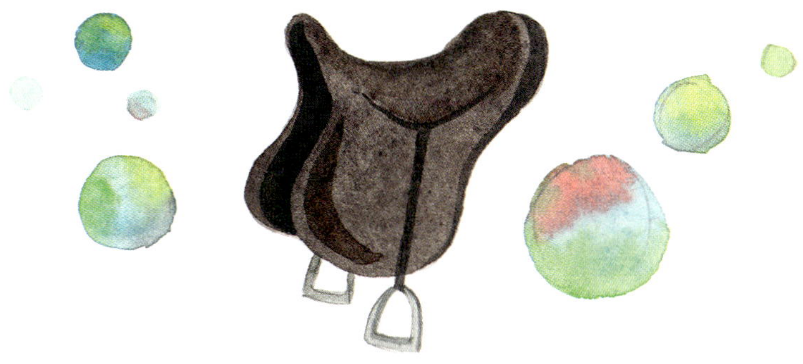

Ein Traum wird wahr

Carla führte gerade zwei Ponys durch das Tor auf den Hof, als sie die Mädchen vor Azoras Box entdeckte.

„Geht sofort da weg! Ihr wisst doch, dass Azora ungestüm ist“, rief sie aufgebracht, band hastig die beiden Ponys an und lief zu den Mädchen. Marisa konnte die Sorge in ihren Augen erkennen.

„Was geht hier vor sich? Jeder, der sich nicht

an meine Anweisungen hält, hat den Ponyhof sofort zu verlassen", stieß Carla wütend hervor und blickte Marisa unverwandt an.

„Carla", meinte Valerie aufgeregt. „Sieh nur! Marisa spricht mit Azora und streichelt sie. Azora scheint plötzlich wie ausgewechselt zu sein."

„Marisa hat nun mal einen ganz besonderen Draht zu den Ponys", sagte Ella mit zittriger Stimme.

Für einen Augenblick sagte niemand ein Wort. Schließlich schnaubte Azora leise und stupste Marisa an. „Nun, das sehe ich ...", murmelte Carla und lächelte Marisa an. Dann bat sie die Mädchen, einen Schritt zurückzugehen, und schloss vorsichtig Azoras Box auf. Langsam ging die Betreuerin in die Box hinein und hielt dem Pony eine Möhre

hin. Dann machte sie Marisa ein Zeichen, ihr zu folgen.

„Sei bloß vorsichtig“, murmelte Ella nervös und wartete neben der Tür.

„Hallo, Azora, du wunderbares Pony. Da bin ich“, flüsterte Marisa mit zittriger Stimme und streckte ihre Hand aus. Das Pony schnaubte und legte seinen Kopf auf die Seite.

Marisa strich ihm über das Fell. „Was ist nur

mit dir, dass sie alle sagen, du wärst so sonderbar und gefährlich?"

„Unsinn", prustete Azora. „Ich bin es einfach leid, in dieser Box zu stehen. Tagein, tagaus sehe ich immer nur das Gleiche. Und niemand von ihnen schert sich um mich. Dabei habe ich doch nur furchtbare Angst." Azora warf ihren Kopf nach hinten.

Die Mädchen, die auf dem Hof standen und ihnen gespannt zusahen, machten einen erschrockenen Schritt zurück. „Da habt ihr es. Sie scheut und dreht durch", rief Valerie rechthaberisch. „Es hätte mich auch schwer gewundert, wenn Azora Marisa akzeptiert, wo sie nicht einmal *mich* an sich heranlässt."

„Hörst du?", schnaubte Azora leise und ihr unsagbar warmer Atem streifte Marisa am Hals.

Traurigkeit machte sich in den Murmelaugen des Ponys breit. „Das sagen sie immer und dann lassen sie mich hier stehen. Ich möchte raus, Marisa. Ich will etwas erleben und nicht den ganzen Tag in der Box herumstehen. Aber mir fehlt das Vertrauen in diese Mädchen."

Marisa nickte. „Ich verstehe dich ja so gut, Azora." Sie drückte ihr Gesicht an das Pony und schlang ihre Arme um den Hals. „Weißt du was? Ich nehme dich mit. Ich zeige dir das

Meer und den Strand und wir reiten bis zum Leuchtturm hinaus. Würde dir das gefallen? Vor mir brauchst du keine Angst zu haben, Azora. Vertraue dich mir an."

„Das kommt überhaupt nicht infrage", unterbrach Carla Marisa und schüttelte entschlossen den Kopf. „Das ist viel zu gefährlich."

„Da hast du es." Azora ließ ihren Kopf betrübt hängen.

„Carla", bat Marisa und nahm ein Apfelstück aus dem Eimer neben der Tür. Sie hielt es dem Pony hin. „Azora braucht eine Freundin. Jemanden, der sie aus ganzem Herzen versteht."

„Diese Marisa spielt sich ganz schön auf", rief ein Mädchen dazwischen.

„Ihr seid ja nur eifersüchtig, dass Azora euch nicht an sich heranlässt, Marisa aber schon", meinte Ella wütend.

„Ein Pony streicheln, das Carla festhält, kann ja wohl jede von uns", fuhr Valerie Ella an. „Wartet es nur ab. Sobald Marisa sich auf Azoras Rücken setzt, schmeißt dieses Pony sie genauso ab wie jede andere von uns."

„Wir könnten es ja mal versuchen", sagte Carla nachdenklich und sah Marisa lange an. „Du würdest dich trauen, nicht wahr?"

„Ja, sicher", flüsterte Marisa glücklich.

„Marisa", flehte Ella ängstlich. „Versuch's doch erst einmal auf Luna."

„Aber auf Luna reitest doch

schon du, Ella. Und ihr würdet doch mit uns kommen?"

„Klar", seufzte Ella voller Sorge. „Wenn das mal gut geht!"

Wenig später führte Marisa Azora durch die Dünen. Carla ritt neben ihnen her und ließ die zwei nicht aus den Augen. Ella und Luna gingen vorweg. Marisa war so aufgeregt, dass ihre Knie zitterten. Und auch Azora wieherte leise vor Glück.

Die Hufe der Ponys klapperten laut auf den Holzbohlen. Das Geräusch war wie Musik in Marisas Ohren und passte zum Rauschen der Brandung. Als das Meer zu sehen war, warf

Azora den Kopf zurück und wieherte laut: „Endlich. Das Meer."

„Siehst du?", rief Carla besorgt. „So verhält sie sich immer, wenn ich sie mit hinunter an den Strand nehme. Sobald wir hier ankommen, scheut sie."

„Aber Carla", rief Marisa über die Schulter. „Azora scheut nicht. Sie ist einfach nur überglücklich."

„Da bin ich mir nicht so sicher ...“, meinte Carla skeptisch.

„Aber *ich*“, sagte Marisa und flüsterte Azora zu: „Ich bin genauso aufgeregt wie du. Mein Herz klopft meermädchenflink!“

Ella war schon auf Lunas Rücken geklettert und Marisa freute sich, dass Ella ihre Angst vor dem Pony mehr und mehr verlor.

„Ich klettere jetzt auf deinen Rücken, Azora, und dann reiten wir hinaus bis zum Leuchtturm. Einverstanden?“, wisperte Marisa und streichelte das Pony sanft am Hals.

„Ich kann es gar nicht erwarten“, schnaubte Azora. Sie hielt ganz still, als Marisa sich auf einen kleinen

Felsen stellte und von dort aus auf ihren Rücken stieg.

„Hach, wie schön", rief Marisa, als sie Halt gefunden hatte. Das Pony war so wunderbar weich. Marisa beugte sich vor und umarmte es. Dann vergrub sie ihr Gesicht in der federweichen Mähne. „Ich bin so froh!"

„Ich auch", schnaubte Azora.

„Alles klar, Marisa?", rief Ella, die mit Luna eine langsame Runde im Sand drehte.

„Kann es nun losgehen?", wieherte Azora voller Vorfreude.

„Ja, los!"

Das ließ Azora sich nicht zweimal sagen und trabte durch den Sand.

Marisa hörte Carla hinter sich „Halte dich bloß gut fest, Marisa!" rufen. Doch schon im nächsten Augenblick hatte Marisa alles um sich herum vergessen. Schneller und schneller lief Azora durch den Sand. Die Meeresbrise ließ ihre Mähne lustig umherflattern.

„Das machst du so toll, Marisa", rief Ella, die neben Marisa und Azora herritt.

„Wir!", sagte Marisa und klopfte Azora sanft an die Seite. „Gefällt es dir, Azora?"

„Und wie!", wieherte das Pony. Marisa gewöhnte sich schnell an das Schaukeln auf Azoras Rücken und jauchzte, als das Pony mit ihr zum Meeressaum hinunterstürmte.

Ein paar Möwen, die auf den Buhnen gedöst hatten, stoben laut kreischend in den blauen Himmel hinauf. Das aufspritzende Wasser kitzelte an Marisas Beinen. Sie beugte sich zu Azora hinunter und vergrub ihr Gesicht kurz in

der flatternden Mähne. Dann setzte sie sich auf und ließ die Zügel los.

„Juhu!", schrie das Meermädchen weit in die Mondbucht hinaus. Marisa streckte ihre Arme weit aus und der Wind spielte mit ihren langen Haaren. Das alles war viel zu schön, als dass es wirklich wahr sein konnte.

Nicht weit von Marisa entfernt tauchte in

der Mondbucht plötzlich ein Delfin auf. Er schwamm neben ihnen her und sprang dabei immer wieder im hohen Bogen aus dem Wasser.

„Nero!“, flüsterte Marisa glücklich und winkte ihrem Delfinfreund zu.

Neros lautes Quietschen begleitete sie den gesamten Weg hinunter zum Leuchtturm und Marisa wusste, dass er sich mit ihr freute. Endlich war ihr Traum wahr geworden. Sie hatte es die ganze Zeit geahnt, aber jetzt war Marisa sich sicher: Nichts auf der Welt konnte schöner sein, als auf einem Pony durch die Brandung zu reiten.

„Heute ist der schönste Tag meines Lebens", wieherte Azora glücklich und stürmte dem rot-weißen Leuchtturm in der Ferne entgegen.

„Und meiner erst", rief Marisa jauchzend.

Ponyfreundin

„Das ist unglaublich“, murmelte Carla immer wieder verwundert auf dem Weg zurück zum Ponyhof.

Marisa war gleich auf Azora sitzen geblieben und konnte ihr Meermädchenglück noch gar nicht fassen. Am liebsten würde sie nie wieder von Azoras Rücken steigen.

„Die anderen werden vielleicht Augen machen“, freute sich Ella, die ihnen auf Luna folgte.

Tatsächlich ließen die anderen Mädchen verblüfft ihre Ponys stehen und kamen zu ihnen herübergeeilt, als Marisa auf Azora auf den Ponyhof trabte.

„Wie ist das nur möglich?", stieß Valerie verärgert hervor und sah Marisa an. Dann aber breitete sich ein Strahlen auf ihrem Gesicht aus. Sie streckte Marisa ihre Hände entgegen, um ihr

beim Absteigen zu helfen. „Du musst mir unbedingt verraten, wie du das mit Azora geschafft hast."

„Ich habe nichts weiter getan, als ihr zuzuhören", sagte Marisa, rutschte von Azoras Rücken und klopfte dem Pony glücklich an die Seite.

„Komm, Marisa", rief Ella, die ebenfalls von Luna herunterstieg und ihr Pony zurück zur Box führte. „Wir müssen die Ponys abreiben."

„Als wenn Marisa das nicht selbst wüsste", sagte eines der Mädchen leise zu Valerie.

Ella zwinkerte Marisa kaum merklich zu. Marisa grinste. Natürlich konnte sie das nicht wissen. Aber das war ja ihr Geheimnis.

„Gute Idee", meinte Carla. „Du übernimmst Azoras Pflege und ich miste ihren Stall aus."

„Du warst spitze, Marisa. Wie hast du das nur geschafft?", wisperte Ella, als sie nebeneinander ihre Ponys abrieben. „Hast du gesehen, wie Valerie reagiert hat?"

„Aber ich hab nichts Besonderes gemacht. Ich habe Azora einfach zugehört und gespürt, was ihr fehlt. Sie hat eine ganz sensible Seele", flüsterte Marisa zurück.

„Stimmt", schnaubte Azora zustimmend und Marisa lachte.

„Nein, nein, im Ernst. Du hast mir zugehört und mich verstanden. Und du hast mir geholfen, endlich hier rauszukommen. Danke, Marisa."

„Ach, Azora", hauchte Marisa gerührt. „Und du hast mir meinen größten Traum erfüllt."

„Ich wünschte, wir zwei könnten immer gemeinsam ausreiten", wieherte Azora und sogar Luna schnaubte zustimmend.

„Du, Marisa?"

„Ja?" Marisa wirbelte meermädchenschnell herum.

Valerie stand auf einmal neben Azora und lächelte Marisa anerkennend an. „Könntest du dir mal mein Pony ansehen?", fragte sie und streckte ihre Hand aus, um Azora zu streicheln.

„He", wieherte Azora und warf den Kopf zurück. „Hände weg von meiner Mähne."

„Das verstehe ich nicht“, murmelte Valerie irritiert und sah Marisa fragend an. „Also? Was ist? Kommst du mal kurz?“

„Klar.“ Marisa folgte Valerie über den Hof.

„Hey, Marisa“, rief Ella ihr hinterher. „Wir sind doch noch gar nicht mit unseren Ponys fertig.“

„Ich komme gleich zurück“, sagte Marisa und lächelte Ella aufmunternd an.

Valerie führte Marisa über den Hof und die anderen Mädchen warfen ihnen bewundernde Blicke zu. Schließlich blieb Valerie voller Stolz vor einem weißen Pony stehen. „Das ist Bella, mein Pony.“

Marisa stutzte.

Bella war ein wunderschönes schneeweißes Pony mit hellblonder Mähne. Valerie hatte sich viel Mühe mit ihrer Pflege gegeben. Die ganze

Mähne war zu winzigen Zöpfchen mit rosa Schleifenbändern geflochten. Die Zöpfe passten perfekt zu dem pinkfarbenen Sattel und dem rosa Zaumzeug. Nur Bellas traurige Augen passten überhaupt nicht dazu.

Marisa streckte ihre Hand aus und berührte

das schöne Pony sanft. „Hallo, Bella. Ich bin Marisa und zum ersten Mal hier bei euch auf dem Ponyhof", flüsterte sie.

„Hallo", schnaubte Bella überrascht und pustete ihren warmen Atem in Marisas Gesicht.

Marisa lächelte.

„Was ist denn mit deinem Pony?", fragte sie Valerie neugierig.

„Ich weiß es nicht", sagte Valerie. „Sie ist nicht krank oder so, trotzdem wird sie immer langsamer. Heute Morgen am Strand waren wir die Letzten. Zum allerersten Mal. Sonst sind wir immer die Ersten."

„Das wundert dich?", prustete Bella kopfschüttelnd. „Ich habe keine Lust mehr."

„Wozu, Bella?", fragte Marisa leise.

„Immer muss ich trainieren. Auch dann, wenn

die anderen Ponys sich hier auf dem Hof ausruhen, miteinander spielen und Leckerlis bekommen. Stundenlang muss ich jeden Tag üben, über Hindernisse zu springen, oder Valeries Kommandos befolgen. Und wenn ich einmal nicht gehorche oder nicht die Schnellste bin, bekomme ich von Valerie keine Leckerlis und muss noch mehr trainieren. Was glaubst du, warum ich mich immer so sehr anstrenge?" Bella scharrte unglücklich mit den Hufen.

„Ach, du Arme", murmelte Marisa mitfühlend. Bellas weiches Fell duftete so herrlich nach Wiesenblüten.

„Was fehlt ihr denn?", wunderte sich Valerie und schmiegte sich an den Hals ihres Ponys.

„Sie hat womöglich zu viel trainiert und zu wenig Möhren und Apfelstückchen bekommen, wenn du mich fragst", meinte Marisa. Und weil Valerie protestieren wollte, legte sie schnell einen Finger an die Lippen. „Ansonsten ist deine Bella ein wunderbares Pony. Du kannst stolz auf sie sein. Auch, wenn sie mal nicht Erste wird oder ein wenig Ruhe braucht."

„So kann man es wohl sagen", wieherte Bella hinter Marisa her, als das Meermädchen quer über den Hof zurück zu Azora, Ella und Luna lief.

„Was wollte Valerie?", fragte Ella aufgebracht.

„Eigentlich gar nichts", meinte Marisa und sah zu Bella hinüber, die von Valerie gestreichelt und mit Apfelkringeln aus einer großen Tüte gefüttert wurde.

„Hör mal, Marisa", sagte Ella und kniff ihre Augen zusammen. „Valerie bildet sich ein, dass alle nach ihrer Nase tanzen. Du musst nicht springen, nur weil Valerie dich ruft."

„Ach." Marisa nahm Ellas Hand. „Ich hab das gern gemacht. Valeries Pony ist nicht so glücklich, weißt du?"

„Aber daran ist sie doch ganz allein schuld. Ich wäre auch nicht glücklich, wenn ich jeden Tag so viel trainieren müsste. Sie ist ja völlig erschöpft", meinte Ella.

„Wir beide sind ja auch Ponyfreundinnen und wissen das. Valerie muss das erst noch kapieren", flüsterte Marisa und lächelte ihre Freundin an. Azora und Luna wieherten laut vor Lachen.

Wo ist Ella?

„Fertig."

Marisa legte die Bürste zufrieden weg. Azoras Fell glänzte und ihre Augen blitzten vor Vergnügen.

„Ach, du schönes Pony, wie sehr ich dich mag", sagte Marisa und strich Azoras Mähne beiseite, um ihre braunen Murmelaugen besser sehen zu können.

„Und ich mag *dich*, du kleines Meermäd-

chen", schnaubte Azora. „Was machen wir jetzt?"

„Wie wäre es, wenn Ella und ich die beiden Ponys noch ein wenig auf die Weide bringen, Carla?", rief Marisa in Azoras Box, wo die Betreuerin noch das Stroh ausmistete.

„Das ist eine gute Idee", entgegnete Carla. „Wartet nicht auf mich, ihr schafft das schon allein."

Als Ella und Marisa mit Azora und Luna quer über den Hof zum Torbogen liefen, sahen die anderen Mädchen staunend zu ihnen herüber.

Die zwei Freundinnen führten die Ponys auf die Weide und schlossen das Gatter. Luna und Azora stürmten gleich los und sprangen ausgelassen durch das Gras.

Ella und Marisa setzten sich an den Wiesen-

rand und zupften Löwenzahnblätter für die zwei Ponys.

„Hast du gesehen, wie gut ich schon mit Luna zurechtkomme?", fragte Ella ihre beste Freundin.

„Hab ich." Marisa legte sich auf den Rücken und blickte zu den Wolken hinauf, die wie kleine weiße Schiffchen vorbeischaukelten. „Vielleicht erlaubt Carla uns ja, dass wir von nun an immer zusammen ausreiten. Nur du und ich auf Luna und Azora." Das Meermädchen tastete verträumt nach ihrer Perlenkette.

„Hach", seufzte Ella glücklich und ließ sich ebenso ins weiche Gras sinken. „Das wäre wirklich zu schön."

Die Freundinnen lagen einfach nur da, träumten vom Reiten und sahen den kreischenden Möwen zu, als plötzlich jemand rief: „Hier seid ihr also!"

„Valerie schon wieder", zischte Ella genervt und richtete sich auf.

„Ich hab euch überall gesucht", stieß Valerie völlig außer Atem hervor und blieb vor Marisa stehen. „Ich war gerade mit Bella im Schulwald trainieren und jetzt hinkt sie ein wenig. Carla sagte, sie könne keine Verletzung feststellen.

Aber irgendetwas stimmt nicht mit ihr. Der Tierarzt kann leider erst morgen kommen. Ob du sie dir vielleicht einmal kurz ansehen könntest, liebe Marisa?"

„Wenn Carla Bella schon angesehen hat, ist doch alles klar", wehrte Ella genervt ab und legte sich wieder zurück ins Gras.

„Bitte, Marisa", flehte Valerie und würdigte Ella keines Blickes.

Fieberhaft überlegte Marisa, was sie nur tun sollte. Sie sah Ella fragend an, doch die warf Valerie finstere Blicke zu. Marisa wollte Ella auf keinen Fall warten lassen oder gar enttäuschen. Aber wenn

Bella nun wirklich verletzt war und womöglich ihre Hilfe benötigte?

„Ich komme", sagte Marisa zögerlich und sprang auf. Sie reichte Ella die Löwenzahnblätter. „Ich bin gleich wieder da." Dann stürmte sie hinter Valerie her zum Ponyhof.

Bella stand vor ihrer Box und sah Marisa mit traurigen Augen an.

„Warte", sagte Valerie eifrig und band Bella los. „Ich führe sie eine Runde, dann siehst du, was ich meine."

„He", grummelte Bella leise, als Valerie sie hinter sich herzog. „Ich möchte mich doch nur endlich mal ausruhen."

Ein paar Mädchen kamen näher.

„Was ist los, Bella?", fragte Marisa und streichelte das Pony.

„Was los ist?", schnaubte Bella bitter. „Ich musste wieder das Springen im Wald trainieren. Mir tut alles weh."

„Ihr wart trainieren?", wollte Marisa von Valerie wissen und streichelte Bella beruhigend.

„Natürlich. Wie jeden Tag. Aber sie ist nicht gestürzt", sagte Valerie nachdrücklich.

„Trainieren alle so viel mit ihren Ponys?", fragte Marisa und sah sich um.

Die anderen Mädchen schüttelten kichernd den Kopf. „Keine trainiert so viel mit ihrem Pony wie Valerie", meinte eines der Mädchen.

„Siehst du?", schnaubte Bella traurig. „Das meine ich."

„Vielleicht braucht Bella einfach mal eine Pause?", vermutete Marisa und sah Valerie fragend an.

„Unsinn", wehrte Valerie schnippisch ab und trug den rosafarbenen Sattel in Bellas Box.

„Ach, das ist hoffnungslos. Valerie versteht das nicht. Sie will beim Turnier die Beste sein, das ist alles, was für sie zählt", schnaubte Bella und scharrte mit den Hufen.

„Verstehe", flüsterte Marisa und lächelte Bella aufmunternd an. Dann folgte sie Valerie in die Box.

Auf einem Regal standen Pokale und gerahmte Fotos von Siegerehrungen, auf denen Valerie immer ganz oben auf dem Treppchen stand und

eine goldene Medaille oder sogar einen Pokal hochhielt.

„Du hast aber schon oft gewonnen", sagte Marisa überrascht.

„Jedes Jahr, seit ich hier im Internat Rosenbucht bin."

„Und immer schon war Bella dein Pony, das

mit dir zusammen gewonnen hat?“, fragte Marisa.

„Klar. Wir sind ein eingespieltes Team“, meinte Valerie stolz.

„Aber dann versteht ihr euch doch blind. Da müsst ihr nicht jeden Tag trainieren. Jedenfalls nicht so viel, dass Bella Muskelkater bekommt, nicht wahr? Jede Wette, dass ihr auch gewinnt, wenn ihr einfach nur Spaß habt, einander vertraut und nicht so verbissen seid“, meinte Marisa.

„Du glaubst wirklich, ich trainiere zu viel mit ihr?“, fragte Valerie erstaunt.

„Ja, das glaube ich.“ Marisa trat hinaus auf den Ponyhof und klopfte Bella aufmunternd an

die Seite. „Frag Bella doch einfach mal, was sie möchte."

„Jetzt werde mal nicht witzig", schimpfte Valerie. „Wie soll ich Bella denn so etwas fragen? Hast du schon einmal gehört, dass jemand die Ponysprache versteht?"

„Bella wird dir schon zeigen, was sie braucht", rief Marisa und winkte Valerie und Bella zu. Dann stürmte sie quer über den Hof und zum Tor hinaus. Ella und die Ponys warteten sicher schon auf sie.

„Ella", rief Marisa schon von Weitem und stutzte.

Dort, wo sie eben noch mit Ella im Gras gesessen hatte, lag nur noch der ausgerupfte Löwenzahn. Ihre Freundin war weg.

Beste Freundinnen

„Ella? Ella!", rief Marisa und blickte sich um.

„Ella ist in diese Richtung gerannt", schnaubte Luna und deutete mit dem Kopf in Richtung Strandweg.

„Ja", bekräftigte Azora. Sie hörte auf, das saftige Gras zu futtern. „Gleich nachdem du weggegangen bist, ist Ella losgelaufen."

„Aber warum nur?", wunderte sich Marisa und stürmte den Strandweg entlang.

Von dieser Seite aus sahen der Strand und das Meer völlig anders aus. Marisa lief panisch über die Holzbohlen. Das Kreischen der Möwen übertönte das Meeresrauschen.

„Ella?“, rief sie. Doch es blieb still. Der Weg schlängelte sich durch die Dünen und das lange Gras winkte ihr aufmunternd zu. Der Wind trieb den weißen Sand vor sich her, was lustig an Marisas Beinen prickelte. Doch zum Lachen war ihr nicht zumute. Was war nur mit Ella los?

Hinter der nächsten Düne entdeckte sie ein rot angestrichenes Holzhäuschen mit einem langen Steg. Kleine Boote waren dort angebunden und schaukelten sanft in den Wellen.

„Der Bootssteg“, flüsterte

sie erleichtert. Ganz sicher würde sie Ella hier finden. Immerhin hatte sie Ella hier schon einmal gefunden, als sie sich zum allerersten Mal getroffen hatten.

Und was, wenn nicht?

Marisa blieb stehen. Wo sonst könnte sie sich verstecken? Was, wenn sie Ella nie wiedersehen würde? Ihre beste Freundin, mit der sie ihren großen Traum teilte?

„Ella?", rief Marisa und stürmte am Bootshaus vorbei auf den Steg.

Tatsächlich.

Ella war da.

Sie saß am Ende des Bootsstegs und ließ ihre

Beine ins Wasser baumeln. Als Marisa sie rief, drehte sich Ella nur kurz herum. „Was willst du denn hier? Ich dachte, du wärst bei deiner neuen Freundin!"

Marisa stutzte. Meermädchenleise lief sie über den Steg und setzte sich neben Ella. „Meine Freundin bist doch *du*!"

„Das sah aber vorhin ganz anders aus", murmelte Ella traurig und starrte aufs Meer hinaus. Marisa tauchte ihre Beine ebenfalls ins Wasser und die Wellen umspielten ihre Unterschenkel. Sie musste kurz kichern, denn es fühlte sich mit zwei Beinen ganz anders an als mit einer Schwanzflosse.

Doch Ella verstand ihr Kichern falsch. „Du findest es lustig, dass du mich einfach sitzen lässt und dieser eingebildeten Valerie hinterherläufst?“, flüsterte sie bedrückt und doch voller Zorn.

„Aber Ella“, murmelte Marisa. „Ich laufe Valerie nicht hinterher. Ich habe nur kurz nach ihrem Pony gesehen.“

„Pah. Das war doch nur ein Trick, um dich zurück auf den Ponyhof zu locken.“

„Nein, Ella, das war es nicht. Bella ist wirklich unglücklich“, sagte Marisa. „Valerie lässt sie viel zu oft trainieren.“

„Das wundert mich nicht. Valerie will eben immer die Beste sein. Und sie möchte dafür bewundert werden. Außerdem wollen alle ihre Freundin sein. Da bleibt niemand für mich übrig. Nicht für die langweilige, unbegabte Ella.“ Eine Träne tropfte von ihrer Wange.

„So ein Unsinn“, rief Marisa und griff nach Ellas Hand. „Hast du schon vergessen, was wir uns versprochen haben? Wir werden für immer Freundinnen sein! Und du bist kein bisschen langweilig oder unbegabt.“

„Nein?“, fragte Ella und horchte auf.

„Wegen dir bin ich hier, Ella. Dich und Luna habe ich zuerst kennengelernt. Nur du kennst mein Geheimnis. Und jede Wette, dass du in diesem Jahr das Schulturnier gewinnst.“

Ella sah sie ungläubig an. „Das traust du mir zu?“

Marisa nickte. „Und noch viel mehr.“

Eine Weile saßen die beiden Freundinnen einfach nur da, Hand in Hand auf die Mondbucht hinausblickend, und ließen ihre Beine von den Wellen umspülen.

„Du bist meine beste Freundin, Marisa", sagte Ella nach einer Weile. „Ich hatte solche Angst, dass Valerie dich mir wegschnappt."

„Aber ich bin doch kein Pokal", rief Marisa überrascht. „Ich habe Freunde in der Meereswelt und hier auf dem Ponyhof. Und hoffentlich werden noch viele Freunde hinzukommen. Aber wir beide, Ella, wir sind beste Freundinnen. Du musst keine Angst haben."

„Wenn das so ist?", rief Ella unerwartet und sprang auf. Ein Flackern lag in ihren Augen.

„Ja?", fragte Marisa und erhob sich.

„Dann müssen wir unbedingt noch einmal ausreiten. Nur wir beide auf Luna und Azora."

„Da kommen sie", wieherte Azora wenig später aufgeregt. Die Ponys liefen über die Koppel bis hinunter an den Weidezaun.

Marisa öffnete das Gatter. „Habt ihr Lust, noch einmal mit uns auszureiten? Unten am Strand? Nur wir vier?"

Luna und Azora wieherten laut und scharrten vor Ungeduld mit den Hufen.

Marisa und Ella grinsten sich glücklich an.

Als sie wenig später mit Carlas Erlaub-

nis am Strand ankamen, rief Marisa: „Bis zum Leuchtturm?“

„Bis zum Leuchtturm“, antworteten Ella, Luna und Azora im Chor.

Luna und Azora trabten nebeneinander durch den Sand.

Marisa und Ella jauchzten vor Glück und lenkten die Ponys hinunter zum Meeressaum. Das Wasser spritzte zu allen Seiten und der Wind spielte unablässig mit den Mähnen der Ponys.

Das Versprechen

„Ich hatte überhaupt keine Angst“, sagte Ella strahlend, als sie Luna durch die Dünen zurück zum Ponyhof führte.

„He“, schnaubte Luna leise. „Wovor solltest du auch Angst haben?“

Marisa lachte meermädchenfroh und blickte Azora verträumt an. „Es ist so schade, dass solch schöne Tage einmal zu Ende gehen müssen.“

Azora wieherte erschrocken. „Aber du kommst doch wieder, kleines Meermädchen?"

„Ganz bestimmt. Ich werde euch schon bald wieder besuchen", versprach Marisa und berührte ihre Perlenkette.

Auf dem Ponyhof wartete Carla schon auf sie und hielt lächelnd die Tür zu Azoras Box auf.

„Jetzt müssen wir uns wohl verabschieden", prustete Azora.

Plötzlich fühlte Marisa sich ganz wackelig auf ihren Beinen. Tränen schossen ihr in die Augen. Meermädchenflink schluckte sie die Tränen hinunter und umschlang Azoras

Hals. „Es ist nur ein kurzer Abschied, Azora. Das spüre ich. "

„Das will ich hoffen", wieherte Azora.

Es war still geworden auf dem Ponyhof. Die meisten Ponys waren schon zurück in ihrer Box. Ein paar Mädchen, unter ihnen auch Valerie, saßen noch auf dem Bretterzaun vor dem großen Hoftor und unterhielten sich über das bevorstehende Schulturnier.

„Ihr habt noch einmal trainiert?", fragte Valerie argwöhnisch und sah zwischen Marisa und Ella hin und her.

„Ja, sozusagen", antwortete Marisa. „Es war herrlich."

„Du kommst nun also häufiger zu uns auf den Ponyhof?“, fragte Valerie und sprang vom Zaun. „Du weißt aber, dass du nicht an unserem Schulturnier teilnehmen kannst? Schließlich bist du keine Schülerin vom Internat Rosenbucht.“

„*Ich* nicht“, sagte Marisa. „Aber Ella.“

„Ella?“, riefen ein paar Mädchen und kicherten. „Ella ist immer die Letzte.“

„Abwarten“, flüsterte Marisa verschwörerisch und zwinkerte ihrer Freundin zu.

„Schade, dass du zurückmusst“, sagte Ella seufzend, als sie Marisa später hinunter zum Strand begleitete. „Stell dir nur vor, wie schön es wäre, wenn du bei uns im Internat leben würdest.“

„Ich komme ja bald wieder“, sagte Marisa und lief durch den Sand. Schon jetzt vermisste sie Azoras Nähe so sehr.

„In zwei Wochen ist das Schulturnier“, murmelte Ella besorgt.

Marisa wusste, dass Ella Angst hatte, bei dem Turnier abermals vom Pony zu fallen. Ihre Eltern hatten ihr nämlich angekündigt, dass sie Ella in diesem Fall vom Internat nehmen würden. Vom Internat und damit für immer fort aus Marisas Leben. Das Meermädchen setzte sich auf den großen Felsen am Strand. „Mach dir keine Sorgen, Ella. Wir trainieren gemeinsam für das Turnier und du wirst in diesem Jahr ganz sicher nicht vom Pony fallen. Du bist schon so sicher geworden und ich bin unglaublich stolz auf dich. Du wirst das schaffen, verlass dich drauf", machte sie Ella Mut.

Ella setzte sich neben ihre Meermädchen-Freundin und deutete hinaus in die Mondbucht. „Du wirst abgeholt."

Marisa blickte überrascht aufs Meer hinaus. Tatsächlich tauchte in der Bucht ein Delfin auf, der sich ihnen mit lustigen Sprüngen näherte. „Nero!", rief Marisa glücklich und griff nach ihrer Perlenkette.

„Ist es denn wahr, Marisa?", flüsterte Ella auf einmal.

„Was denn?", fragte Marisa erstaunt.

„Ist es wahr, was du Azora versprochen hast? Dass du zurückkommen wirst?"

„Aber klar, Ella. Ganz bestimmt." Marisa fiel Ella um den Hals, und obwohl sie sehr traurig war, dass dieser schöne Tag nun zu Ende ging, war sie auch froh, eine so tolle Freundin gefunden zu haben.

Ella schaute sich um und wisperte: „Nun aber schnell. Die Luft ist rein."

Marisa nahm vorsichtig die Perlenkette ab. Augenblicklich fing es in ihren Beinen an zu kribbeln und Sekunden später rutschte sie auf ihrer Schwanzflosse vom Felsen hinunter ins Meer.

„Wenn ich es nicht mit eigenen Augen sehen würde ...", rief Ella und

beugte sich weit über den Felsen, um Marisa zuzuwinken.

„Bis bald, meine Freundin", rief Marisa und tauchte in die Fluten ab.

„Bis bald", hallte Ellas Ruf weit über die Mondbucht hinaus und vermischte sich mit dem Möwengeschrei.

„Ich hatte schon Angst, dass du gar nicht mehr zurückkommst", schnatterte Nero aufgeregt. „Du musst mir alles erzählen, mein liebes Meermädchen."

„Ach, Nero", hauchte Marisa und rieb ihre Nase zur Begrüßung an seiner Delfinschnauze. „Es war einfach meermädchenschön. Ich

bin endlich auf einem richtigen Pony geritten. Aber das hast du ja selbst gesehen. Ich glaube, es gibt nichts Schöneres auf der ganzen Welt. Und ich habe ganz viele Mädchen kennengelernt. Bald werde ich wieder auf den Ponyhof gehen."

„Heißt das, du möchtest ab jetzt nicht mehr auf mir reiten?", piepte Nero erschrocken.

„Das heißt es ganz und gar nicht. Du bist mein allerbester Delfinfreund und nur mit dir macht es so viel Spaß, durch die Mondbucht zu toben."

„Na, dann mal los", schnatterte Nero und kaum hatte Marisa seine Rückenflosse umschlungen, schoss er auch schon mit ihr davon.

Sie schwammen pfeilschnell und im Slalom an den alten Fässern vorbei, wo sie immer so gern Verstecken spielten.

„Stopp!", rief Marisa plötzlich und ließ sich von Neros Rücken gleiten. Das Meermädchen hatte etwas entdeckt.

Es hob eine wunderschöne Muschel auf und hielt sie sich ans Ohr.

„So wie das Rauschen in dieser Muschel hört sich das Meer von der anderen Seite aus

an", flüsterte sie verträumt. Sie musste sofort wieder an die schöne Zeit mit Azora denken und lächelte vor sich hin.

„Träumen kannst du in deiner Kajüte, kleines Meermädchen. Jetzt aber ab nach Hause", schnatterte Nero. „Wenn wir noch länger fortbleiben, hast du morgen womöglich noch Kajütenarrest und es wird nichts aus deinem schönen Ponyabenteuer."

Schnell wie der Wind, der über das Meer rauschte, schoss Nero mit Marisa auf dem Rücken zurück zur *Emeralda*.

Glitzer-Seepferdchen

Noch immer fielen die hellen Strahlen der Sonne durch das Meerwasser und tauchten die *Emeralda* in ein grün funkelndes Licht. Drei leuchtend rote Krabben balancierten über die Galionsfigur und es schien, als wollten sie Marisa zum Ponyhof locken. „Eines Tages komme ich wieder, Azora", flüsterte sie meermädchenglücklich und umklammerte die Perlenkette in ihrer Hand.

„Endstation *Emeralda*", schnatterte Nero

fröhlich und ließ Marisa vor dem Bullauge ihrer Kajüte von seinem Rücken.

„Weißt du was, Nero?“, flüsterte Marisa, nachdem sie die Perlenkette in ihrem Schatzkoffer verstaut hatte. Das schlechte Gewissen nagte plötzlich an ihr, weil sie Coralie nachmittags versetzt hatte. „Ich glaube, ich sehe zuerst noch bei Coralie vorbei. Kommst du mit?“

Das ließ sich der Delfin nicht zweimal sagen und so schwammen sie hinüber zu den Höhlen in den Korallenriffen. Noch bevor sie die Höhle erreichten, in der Coralie mit ihrer Familie lebte, kam das Meermädchen ihnen auch schon entgegengeschwommen. Unter ihrem Arm trug sie Muschelstifte und Algenblätter.

„Hier bin ich“, begrüßte Marisa sie.

„Marisa“, rief Coralie überrascht und

schwamm langsam weiter. „Was tust du denn hier? Ich dachte, du hättest etwas Besseres vor!“

„Sei doch nicht eingeschnappt.“

Coralie hielt inne und sah Marisa wütend an. „Ich bin nicht eingeschnappt. Heute Mittag hattest *du* keine Zeit und jetzt bin *ich* nun mal schon verabredet.“

Marisa schluckte. „Du bist mit einem anderen Meermädchen verabredet?"

„Und wenn?", zischte Coralie. „Du hast ja nie Zeit, dann kann es dir auch egal sein. Aber wenn du es genau wissen willst: Ich möchte ein besonderes Seepferdchen finden. Die Muschelhaarspangen werde ich auf jeden Fall gewinnen und in die Klasse für fortgeschrittene Meermädchen werde ich auch kommen. Wenn es sein muss, auch ohne dich!"

Marisa und Coralie sahen sich finster an.

„Aber wieso denn ohne mich?", fragte Marisa meermädchentraurig. „Ich bin doch jetzt hier."

Plötzlich quietschte Nero aufgeregt: „Seht doch nur, seht doch!"

Aus dem Felsvorsprung neben ihnen schwebte ein glitzerndes Seepferdchen hervor.

„Oh ... ist das schön", quietschte Coralie entzückt.

„So ein schönes Seepferdchen habe ich noch nie gesehen", hauchte Marisa und hatte Angst, das Seepferdchen zu verscheuchen.

„Wo schwimmt es denn nur hin?", wisperte Coralie gespannt, als das Tier in einer pinken Korallenpflanze abtauchte und wenig später seinen Weg fortsetzte.

„Wir folgen ihm einfach", piepte Nero. „Es ist sicher auf dem Heimweg. Und wo eines wohnt, da gibt es noch viel mehr Glitzer-Seepferdchen. Flosse drauf!"

„Dann kommt schnell", stimmte Coralie zu, ließ das Seepferdchen nicht mehr aus den Augen und hob ihre Algenblätter hoch. „Ich habe alles dabei."

„Abgemacht", rief Marisa glücklich.

Sie folgten dem glitzernden Seepferdchen an den Riffen vorbei zu den Korallengärten, in denen es die wundervollsten Korallenpflanzen der ganzen Mondbucht gab.

„Seid leise", schnatterte Nero und deutete auf die kunterbunten Korallenblumen um sie herum.

„Oh wie schön!", flüsterte Coralie und griff nach Marisas Hand.

Marisa schaute sich begeistert um und hielt Coralies Hand ganz fest.

Auf den Blumen saßen jede Menge Glitzer-Seepferdchen. Eines schöner als das andere.

Coralie schwamm zu einem Felsvorsprung und begann zu zeichnen. „Bevor sie wieder weg

sind und wir nicht mehr wissen, wie sie aussahen", erklärte sie.

Marisa schwamm meermädchenleise über den Korallengarten hinweg und streckte ihre Hände aus, um die glitzernden Seepferdchen zu streicheln. Zunächst waren die Tierchen scheu und versteckten sich flink in den Korallenpflanzen.

„Kommt ruhig hervor, ihr kleinen Seepferdchen. Habt keine Angst, ich tue euch nichts“, flüsterte Marisa. Da trauten sie sich hervor und bald schon war sie von zahlreichen Glitzer-Seepferdchen umgeben. „Ach, ihr seid alle so wunderschön!“

„Damit gewinnen wir bestimmt die Muschelhaarspangen und werden endlich zu den großen Meermädchen gehören", schwärmte Coralie und lächelte Marisa zu.

„Und wir verraten niemandem von dem Korallengarten", meinte Marisa und rutschte neben ihre Meermädchen-Freundin auf den Felsvorsprung.

„Niemandem!", flüsterte Coralie und legte sich einen Finger an die Lippen. „Das wissen nur wir. Beste Meermädchen-Freundinnen verraten so etwas nicht."

„Und beste Freundinnen sind wir beide für immer, Coralie", sagte Marisa und strahlte. „Ganz egal, welche Abenteuer da draußen noch auf uns warten."

Anja Wagner, geboren 1971 im Münsterland, ist gelernte Sozialpädagogin. Schon von früher Kindheit an war sie ein „Bücherwurm" und dachte sich selbst Geschichten aus. Im Alter von zehn Jahren nahm sie an ihrem ersten Schreibwettbewerb teil. Seit 2009 veröffentlicht sie Kinder- und Jugendbücher, die mit verschiedenen Literaturpreisen ausgezeichnet wurden.

Naeko Ishida wurde in Japan geboren, kam mit drei Jahren nach Deutschland und studierte später an der Fachhochschule Münster Illustration. Sie arbeitet als freischaffende Illustratorin im Kinder-, Jugend- und Schulbuchbereich.

FREUT EUCH AUF
EIN WEITERES ABENTEUER!

FRÜHJAHR 2022